Deux lapins tout pareils

Jeanne Cappe - Marcel Marlier

– Je vais en ville faire quelques courses, dit Maman Lapin à Floco et Doux-Poil.
Soyez bien sages, mes petites merveilles, mes lapins tout pareils.

La voilà partie.
– Si nous allions voir « le vaste monde » ? propose Floco qui aime l'aventure.

– « Le vaste monde », c'est quoi ?, demande Doux-Poil toujours prêt à suivre Floco.
– C'est plus loin que loin. On y trouve de grandes prairies et de magnifiques carottes !
Un vrai paradis.

– Bonjour les agneaux ! Est-ce que le vaste monde est au-delà de la barrière ?

– Nous sommes trop petits, nous ne sommes pas encore sortis de cette prairie remplie de boutons d'or.

Près de la barrière récemment repeinte, les lapins curieux voient un seau rempli de liquide blanc.

– **Oh** du lait. Buvons-en car il faut être forts pour découvrir le « vaste monde ».

— **Berk**, c'est de la peinture ! s'exclame Doux-Poil.
— Tu as le museau tout blanc, Floco.
— Toi aussi, Doux-Poil.

« Dring, dring ! »

Du bout du jardin, un petit garçon arrive à toute vitesse sur sa trottinette.

– Voilà ce qu'il nous faudrait pour visiter « le vaste monde », dit Floco.
Le petit garçon rit de voir les deux museaux pleins de peinture.

Et **patatras**, le voilà qui s'étale dans un carré de choux.
– Oh, les beaux choux que nous adorons, ils sont abîmés, dit Doux-Poil.

— Console-toi. Dans « le vaste monde »,
il y a des choux à la crème, c'est sucré, c'est exquis.
Nous en mangerons tant que nous voudrons, dit Floco.

Les deux lapins continuent leur chemin.
Tout à coup, ils découvrent un lapin gris,
bien plus petit qu'eux-mêmes.
Devant lui, une carotte énorme et un tambour.

– **Mmmh !** Vite la belle carotte, dit Floco, en y donnant un grand coup de dents.
Pffff ! La carotte se dégonfle. Ce n'était qu'un jouet et le lapin gris était en carton !

Les petits lapins ont eu si peur qu'ils détalent.
– Si nous rentrions ? propose Doux-Poil.
Floco n'insiste pas.

– **Ciel !** Vous êtes tout blancs, s'écrie leur maman. Que vous est-il arrivé ?
– Nous avons voulu visiter « le vaste monde », dit Floco en plissant son museau.

– Je vous avais prévenus que vous étiez trop petits, dit Maman Lapin.

Et il est impossible d'enlever cette peinture même en frottant fortement !

Jamais plus, les deux petits lapins n'osèrent s'aventurer dans « le vaste monde ».
Mais ils en rêvèrent…

Martine un personnage créés par Gilbert Delahaye et Marcel Marlier / Léaucour Création.
http://www.casterman.com
© 2010 Casterman.
D'après « Deux lapins tout pareils » Jeanne Cappe.
Achevé d'imprimer en avril 2012, en Espagne. Dépôt légal : janvier 2010 ; D. 2010/0053/9.
Déposé au ministère de la Justice, Paris (loi n° 49.956 du 16 juillet 1949 sur les publications destinées à la jeunesse).
ISBN 978-2-203-02900-2
L.10EJCNCF0246.C003